Apprendre à connaître et à aimer Dieu notre Créateur

Un livre pour initier les enfants à,Dieu

PAR THE SINCERE SEEKER KIDS COLLECTION

Dieu

DIEU EST LE SEUL ET L'UNIQUE.
DIEU EST NOTRE CRÉATEUR.
DIEU COMMANDE ET PREND SOIN DE VOUS, DE MOI,
DE NOS FAMILLES ET DE TOUT LE RESTE.
DIEU NOUS PROCURE DE LA NOURRITURE ET UN
LIT DOUILLET ET CHAUD DANS LEQUEL NOUS NOUS
SENTONS EN SÉCURITÉ ET EN BONNE SANTÉ.

DIEU EST BIEN PLUS HAUT QUE
LES CIEUX.

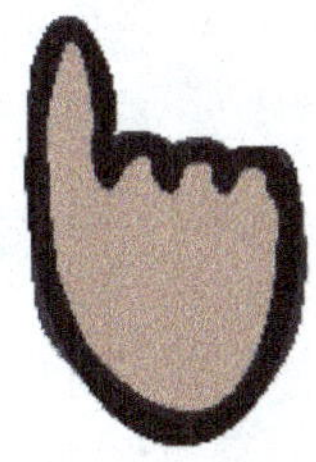

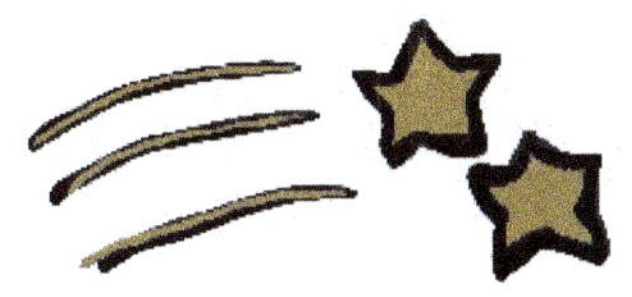

DIEU A CRÉÉ DE GRANDES PLANÈTES
ET DE PETITES PLANÈTES.
DIEU A CRÉÉ LA TERRE POUR QUE NOUS Y VIVIONS.
DIEU A CRÉÉ DES ÉTOILES BRILLANTES POUR NOUS
DONNER DE LA LUMIÈRE.
DIEU A CRÉÉ L'UNIVERS TOUT ENTIER.

DIEU A CRÉÉ LA **PLEINE** LUNE.
DIEU A CRÉÉ LES NUAGES GRIS ET PELUCHEUX.
DIEU FAIT TOMBER LA PLUIE SUR LA TERRE POUR
LA NOURRIR ET LA PURIFIER.
DIEU FAIT SOUFFLER LE VENT DANS
DIFFÉRENTES DIRECTIONS.
DIEU FAIT RAYONNER LE SOLEIL.

DIEU A CRÉÉ L'EAU FROIDE
ET L'EAU CHAUDE.
DIEU A CRÉÉ DE BELLES RIVIÈRES BLEUES.
DIEU A CRÉÉ LES GRANDS
OCÉANS HOULEUX.
DIEU A CRÉÉ LES MERS
PROFONDES ET OBSCURES.
DIEU FAIT BOUGER ET ÉLEVER LES *vagues*.

DIEU A CRÉÉ DE GRANDES MONTAGNES Rocheuses.
DIEU A CRÉÉ DE PETITES MONTAGNES DE NEIGE.

DIEU A CRÉÉ LES BANANIERS ET LES ORANGERS POUR QUE NOUS PUISSIONS EN MANGER LES FRUITS. DIEU A CRÉÉ DE BELLES FLEURS ODORANTES DE DIFFÉRENTES SORTES ET COULEURS POUR QUE NOUS PUISSIONS EN PROFITER.

DIEU A CRÉÉ DES FAMILLES HEUREUSES POUR QU'ELLES PASSENT DU TEMPS ENSEMBLE.
DIEU A CRÉÉ DES PARENTS AFFECTUEUX POUR QU'ILS PRENNENT SOIN DE NOUS, QU'ILS NOUS AIMENT ET QUE NOUS SOYONS BONS ENVERS EUX.
DIEU A CRÉÉ DES FRÈRES ET DES SŒURS GENTILS POUR S'OCCUPER DE NOUS ET POUR QUE NOUS NOUS OCCUPIONS D'EUX.

DIEU A CRÉÉ DE GRANDS ANIMAUX COMME LES ÉLÉPHANTS D'AFRIQUE, LES OURS BRUNS ET LES ALLIGATORS VERTS AVEC DES *dents* POINTUES.

Buzz
Buzz Buzz
Buzzzz

DIEU A CRÉÉ DE PETITS ANIMAUX
COMME LA MINUSCULE COCCINELLE AINSI
QUE LE BOURDON.
DIEU A CRÉÉ DES SAUTERELLES
SAUTILLANTES, DES FOURMIS
MINUSCULES ET DES LIBELLULES
VOLANTES.

DIEU A CRÉÉ DES ALIMENTS NUTRITIFS POUR AIDER NOTRE CORPS À DEVENIR SAIN ET FORT. DIEU A CRÉÉ DES BOISSONS SAVOUREUSES POUR QUAND ON A SOIF. DIEU A CRÉÉ DES RAISINS VIOLETS, DU PAIN FRAIS DÉLICIEUX, DU FROMAGE JAUNE, DU POULET SAVOUREUX ET DE DÉLICIEUSES POMMES ROUGES.

DIEU OFFRE LA VIE AUX GENS ET LEUR OFFRE ÉGALEMENT BEAUCOUP DE CHOSES. DIEU NOUS A DONNÉ UNE MAISON CONFORTABLE POUR VIVRE, UNE VOITURE POUR CONDUIRE, NOS JOUETS PRÉFÉRÉS POUR JOUER, NOS DEUX MAINS POUR FABRIQUER DES CHOSES ET NOS DEUX PIEDS POUR MARCHER, NOS YEUX POUR VOIR, NOS OREILLES POUR ENTENDRE ET NOS BOUCHES POUR MANGER ET PARLER.

DIEU VOIT ET SAIT TOUT CE QUI SE PASSE.
DIEU ENTEND TOUT CE QUI EST DIT.

Dieu

DIEU EST TRÈS AIMANT.
DIEU NOUS AIME TRÈS TRÈS FORT.
DIEU PREND SOIN DE NOUS
ÉNORMÉMENT.
NOUS DEVRIONS L'AIMER AUSSI.

TOUT LE BIEN VIENT DE DIEU
DIEU EST LA LUMIÈRE DES
CIEUX ET DE LA TERRE.
DIEU ILLUMINE LE CŒUR
DES GENS.

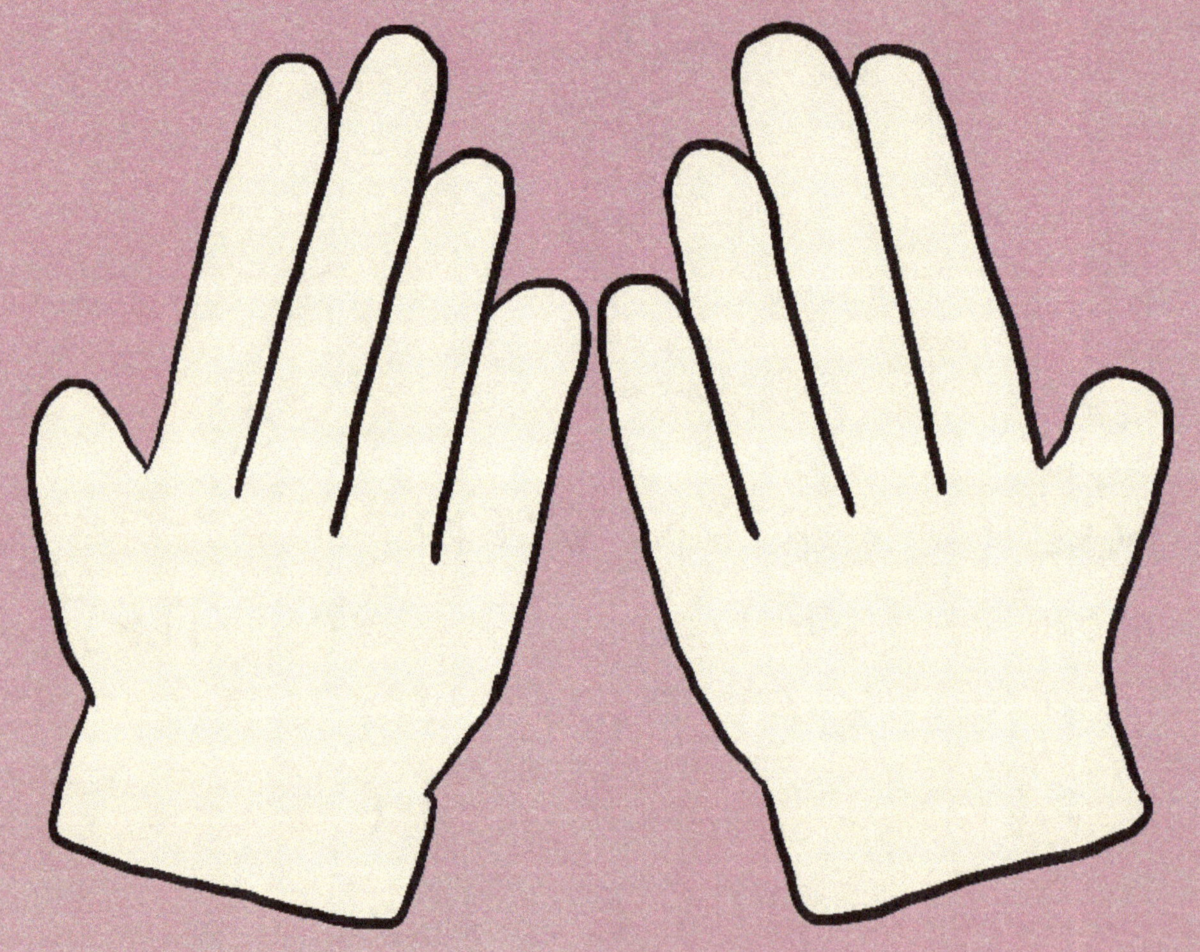

NOUS PRIONS DIEU CAR DIEU NOUS
A CRÉÉS ET NOUS AIME.
ET NOUS AIMONS DIEU AUSSI.
DIEU RÉPOND À NOS APPELS QUAND NOUS
LES LUI DEMANDONS.
NOUS DEVRIONS TOUJOURS
PARLER À DIEU.

DIEU ACCORDERA AUX PERSONNES
HONNÊTES LE PARADIS OÙ ELLES
AURONT TOUT CE QU'ELLES DESIRENT
ET VIVRONT DANS LA JOIE ET LA
BONNE HUMEUR.

FIN